서른하나의
사랑수첩

서른하나의
사랑수첩

초판 인쇄 | 2005년 10월 20일
초판 발행 | 2005년 10월 30일

지은이 | 김병중
펴낸이 | 신현운
펴는곳 | 연인M&B
디자인 | 이희정
기 획 | 여인화
등 록 | 2000년 3월 7일 제2-3037호
주 소 | 143-874 서울특별시 광진구 자양동 680-25호 (2층)
전 화 | (02)455-3987, 3437-5975 팩스 | (02)3437-5975
홈주소 | www.yeoninmb.co.kr
이메일 | yeonin7@chol.com

값 6,000원

저자와의 협의에 의하여 인지는 생략합니다.
ⓒ 김병중 2005 Printed in Korea

ISBN 89-89154-52-9 03810

김병중 시집

서른하나의
사랑수첩

이 세상에 하나밖에 없는 내 목소리로 불러보고 싶은 것이 있다

우리가 살아가면서 가장 많이 사용하는 단어는 무엇인가? 그것은 사랑이라는 단어이다. 그래서인지 사람들은 누구나 사랑받기를 원하거나 사랑주기를 원하며, 특히 글을 쓰는 많은 사람들도 사랑이라는 단어를 자주 사용하고 있다.

이 사랑이라는 추상명사 하나에는 나와 너와 우리, 그리고 우주가 들어 있고 우리들의 삶이 행복해지는 무지개빛 섬광이 숨어 있다. 그 섬광이 우리들의 삶을 비추고 우리들의 존재의 이유를 밝혀주고 있다. 그러나 사랑의 빛은 아무리 강해도 짙은 그림자를 남기지 않는다. 그렇지만 그리움과 외로움과 눈물을 가진 사람들은 아픈 그림자의 기억을 지우지 못하고 무시로 고뇌한다. 나도 그 아픔 하나쯤 안고 사는 한

슬픈 족속으로 쉽게 치유될 수 없는 불치병을 앓으며 하늘이 내린 보다 빛나는 사랑으로 향하고 있다.

이제 사랑을 아는 시인, 사람과 사랑을 같은 뜻으로 사용하는 시인으로 오래도록 남기 위하여 이렇게 사랑 시집을 묶는 일, 난 적어도 이 작업으로 이 땅에 태어난 남다른 행복감을 느낀다. 그래서 한 번쯤 레드와인을 마시고 바이올린 연주를 들으며 숲 속의 차고도 맑은 공기를 마시고 누워 시원 그대로의 숲 속에서 무욕의 사랑을 노래하는 주인이 되고 싶다.

2005년 10월
김병중

물은 물끼리 싸우지 않는다
물은 주먹이 없고
물은 부드러운 긴 팔이 있다
물은 긴 팔로 안을 줄 알며
물은 하나가 되는 사랑법을 안다
물은 부리가 둥글고
물은 바다의 소리를 낼 줄 안다
물은 맨발로 하늘도 걸으며
물은 무지개 가슴을 지녔다
물은 가슴에 해를 담으며
물은 하늘 같은 구애를 한다
물은 맑은 눈동자가 있으며
물은 영원히 빛나는 사랑을 한다

서른하나의
사랑 수첩

차례

012 · 사랑수첩 – 하나

013 · 사랑수첩 – 둘

014 · 사랑수첩 – 셋

015 · 사랑수첩 – 넷

016 · 사랑수첩 – 다섯

018 · 사랑수첩 – 여섯

019 · 사랑수첩 – 일곱

020 · 사랑수첩 – 여덟

022 · 사랑수첩 – 아홉

024 · 사랑수첩 – 열

026 · 사랑수첩 – 열하나

028 • 사랑수첩 – 열둘

030 • 사랑수첩 – 열셋

031 • 사랑수첩 – 열넷

032 • 사랑수첩 – 열다섯

034 • 사랑수첩 – 열여섯

036 • 사랑수첩 – 열일곱

037 • 사랑수첩 – 열여덟

038 • 사랑수첩 – 열아홉

040 • 사랑수첩 – 스물

042 • 사랑수첩 – 스물하나

044 • 사랑수첩 – 스물둘

046 • 사랑수첩 – 스물셋

048 • 사랑수첩 – 스물넷

050 • 사랑수첩 – 스물다섯

052 • 사랑수첩 – 스물여섯

053 • 사랑수첩 – 스물일곱

054 • 사랑수첩 – 스물여덟

055 • 사랑수첩 – 스물아홉

056 • 사랑수첩 – 서른

058 • 사랑수첩 – 서른하나

059 • 연모 – 하나

060 • 연모 – 둘

062 • 연모 – 셋

064 • 연모 – 넷

065 • 그리움 – 하나

066 • 그리움 – 둘

068 • 봄 사랑

069 • 여름 사랑

070 • 가을 사랑

071 • 겨울 사랑

072 • 계란 하나

074 • 계란 두 개

076 • 오동도에서

077 • 열애

078 • 널뛰기

079 • 너는 나의

080 • 그대에게로 가는 배

082 • 가슴장

084 • 그대가 그리우면

085 • 물 사랑

086 • 쉼표 사랑

088 • 사랑을 위하여

090 • 결혼반지

092 • 기다림은

094 • 밤 기차

096 • 너

098 • 사랑옷

099 • 사랑작법

100 • 사랑사전

102 • 사랑 계산법

104 • 사랑이 되는 감

106 • 물 편지

108 • 부분집합

109 • 별 헤는 사이

110 • 사랑 중독증

112 • 풋사랑

113 • 아주까리 사랑

114 • 나무 사랑

116 • 어린 사랑

118 • 편지 사랑

120 • 우리 사랑

122 • 감기

124 • 목련

126 • 별 사랑

127 • 무답

128 • 사람과 사랑

사랑수첩 - 하나

사랑은
몸장난 또는 마음장난
서로 장난하다 정이 들고
정들어 살다보면
장난이 아닌
불 또는 물이 되기

서로의 마음에
불을 당기고
다시 물로 끄다보면
어느새 식어버린 시간 위에
향기롭게 피어나는 세월꽃
그 꽃 속에 남는 여문 씨 하나

사랑수첩 – 둘

그녀는 꽃이다
그 꽃을 잘 들여다보면
씨가 보인다
맵씨와 솜씨와 마음씨
그 속에 꺼지지 않는 작은 불씨 하나
천길 하늘을 다시 열게 하는
꽃씨로 영글어가고 있다

사랑수첩 – 셋

이 세상에 하나밖에 없는 내 지문을 눌러
약속하고 싶은 것이 있다
이 세상에 하나밖에 없는 내 색깔로
그려두고 싶은 것이 있다
이 세상에 하나밖에 없는 내 목소리로
불러보고 싶은 것이 있다
이 세상에 하나밖에 없는 내 눈동자로
바라보고 싶은 것이 있다
이 세상에 하나밖에 없는 내 목숨을 바쳐
바꾸어보고 싶은 것이 있다
이 세상에 하나밖에 없는 내 영혼을 찾아
따라가보고 싶은 것이 있다
이 세상에 하나밖에 없는 내 사람과 함께
영영 하나가 되고 싶은 그것이 있다

사랑수첩 – 넷

사랑은 두 사람이 탄
완행 열차
그 열차를 타고 어디메쯤 있을
행복역으로 가는 것
가면서 건널목도 만나고
기적도 울리며
가다가 터널도 지나고
다리도 건너며
지나는 역마다
손을 흔드는 사람들이 보이지만
내려서는 안 되는 것
그 열차는 다시 돌아오지 않는
편도 열차인 것
왕복 차표 한 장으로
둘이서 타고 가는 편도 여행인 것

사랑수첩 – 다섯

모든 것을 버리고
또 모든 것을 안으며
낮은 데로 흘러가고
다시 높은 데로 향하는 것

오늘 새 길이 시작되고
다시 내일 또 길이 시작되듯
시작은 있고
언제나 끝이 없는 것

프리즘으로 세상을 보듯
새로운 것을 찾아
서로 낯설어지고
서로의 느낌을 더 낯설게 보는 것

세상 밖에서
자기만의 사랑을 찾지 못하고
가장 가까운 데서
가장 먼 그리움을 채우는 것

하여 사랑은 자동기술법

몸 가는 대로

마음 가는 대로 정신의 붓을 세우고

구속하지 않고

구속되지도 않는

절대 자유를 기술하는 것

사랑수첩 – 여섯

호수에 나가 보아야 한다
새벽 안개 속에 일어나는 물안개
그것이 사랑인 것을 알아야 한다
일출과 함께 사라지는
저 호수의 흰 가슴을
맨눈으로 바라보아야 한다
호수의 가슴에 아로새겨진
백조의 물꽃 핀 길을 바라보아라
물과 물이 섞이고
물 속에서 다시 표정을 바꾸는
무수한 생각들을 안개로 지우며
이제 눈부신 아침이 오고 있음을 알아야 한다
멀리 바라보고 길게 호흡하며
호수 너머로 보이는
또 하나의 호수에
천의 얼굴로 다가오는
따뜻한 너의 미소를 보아야 한다

사랑수첩 — 일곱

사랑과 사람은 동의어다
사랑을 부르면
사람이 대답하고
사람을 부르면
사랑이 대답하며 온다

세상에서 가장 부르고 싶은 말이
사랑이라면
세상에서 가장 듣고 싶은 말이
사람이기에
사랑과 사랑 사이에
사람이 있고
사람과 사람 사이에
사랑이 있다

아, 사랑이 사람이 되고
사람이 사랑이 되는
사랑과 사람은
언제나 뜻이 통하는 동의어다

사랑수첩 — 여덟

고독은 의인법이다
나무도 사람이 되어
함께 기대며 숲이 되는 법이다

우정은 직유법이다
가까운 마음으로
더 같은 높이로 다가서는 법이다

그리움은 점층법이다
작은 호수를 보고
바다보다 크게 얼굴을 그리는 법이다

만남은 반복법이다
눈과 눈이 만나 별이 되고
별들이 모여 눈부신 빛이 되는 법이다

사랑은 은유법이다
잘 보이지 않도록
서로의 등 뒤에 꼭꼭 숨는 법이다

추억은 과장법이다
지나간 일들을 모아
보다 아름답게 포장하는 법이다

행복은 영탄법이다
감탄사를 연발하면서
더욱더 살고파지는 마음을 갖는 법이다

사랑수첩 - 아홉

똑바로 다가서 보면
잘 보이지 않는 얼굴이
뒤돌아서면 더 선명히 다가오는
햇빛같이 부신 얼굴이 있습니다

앞에서 가까이 보면
잘 보이지 않는 미소가
옆에서 보면 더 또렷이 보이는
해돋이처럼 신비로운 미소가 있습니다

같이 앉아서 보면
잘 보이지 않는 마음이
떨어져 있으면 더 따뜻이 느껴지는
겨울 화롯불 같은 마음이 있습니다

둘이서 마주 향하면
잘 들리지 않는 목소리가
헤어지면 더 다정히 들려오는
불면의 귀울음 같은 목소리가 있습니다

곁에서 나란히 걸어가면
잘 보이지 않던 길이
혼자 걸으면 더 걷지 못하는
눈물로 그득한 밤바다가 있습니다

사랑수첩 – 열

바짝 뒤따르던 검은 그림자가
내 마음을 들이받아
가슴과 옆구리가 아프다

누가 가해자고
누가 피해자인지 가리지 않고
각자 아픔을 해결하기로 한 약속은
참으로 편리하다

진정한 사랑을 원한다면
이처럼 아픔을 순순히 맞이하고
다시 천천히 뒤따를
새로운 그림자를 기다려야 한다

사람이 사랑에 젖을 무렵
하늘 가득 밤별이 툭툭 불거지면
눈물이라는 비밀 무기를 꺼내
지워지지 않는 얼굴을 정조준하며
그래도 아직 남은 눈물을 흘려 보아야 한다

결국 산다는 건
세상의 축제에서 사랑을 사육하는 것
사육하다 지쳐
또 하나의 사랑을 완성하는
그것이 이별인 것
하나가 무너져도 모든 것이 무너지는
그것은 사랑도 이별도 아닌
부활이 없는 죽음인 것

사랑수첩 – 열하나

머리가 아프도록 무더운 여름에
나는 독감이 걸리고 싶습니다

감기에는 약이 없다는 것을 알면서도
여름 독감에 걸리고 싶은 것은
조금 때같이 쓸쓸한 내 마음의 포구에
흰 갈매기만 끼룩이고 있기 때문입니다
딴은 감기가 더위에 잠든 오감을 일깨우는
첫사랑의 신열을 닮았기 때문입니다

지독한 사랑 한 번 하지 못한 몸풀이로
이 여름 감기를 앓고 싶습니다
밤내 야광부표 하나 두통으로 반짝이는
이 아름다운 열병에 눕고 싶습니다

물수건 이마에 얹는 고열로
눈물 꽤나 좀 흘렸으면 좋겠습니다
뜨거운 눈물 흘리면서
눈물 먹고 자라는 꽃 한 송이 피우고 싶습니다

그리고 그 꽃 발꿈치에서 묻어나는 향기 맡으며

천천히 이 여름감기를 낫고 싶습니다

사랑수첩 – 열둘

이름 없는 것들이
이름 있는 것들보다 더 아름다워
이름 없는 별들이 반짝이고
이름 없는 풀꽃들이 핀다

이름 없는 것들이
이름 있는 것들을 이기는 곳에
이름 없는 나무들이 서고
이름 없는 새들이 산다

이름 있는 사람들은
이름 없는 여러 사랑을 원하지만
이름 없는 우리들은
이름 있는 하나의 사랑을 갖고 산다

아아, 이름을 버리면
우리는 하나 되어 대답하고
이름을 가지면
그저 바라보며 침묵만 하는데

우리는 애초에 이름 없는 목숨들
이름을 버리는 그날에야
비로소 이름 있는 사랑으로 남는다

사랑수첩 – 열셋

내 가슴에 둥근 원을 그리고 있는
너는 나의 시계
그 시계추가 흔들릴 때마다
내 피가 돌고
심장은 뜨겁게 뛴다
너는 결코 매달려 있지 아니하고
흔들고 흔들리면서
나의 중심이 되는 생명추
매시간마다
함께 부르는 노래가 있어
언제나 우리 시계는
멎지 않는 시계추를 흔들고 있다

사랑수첩 – 열넷

사랑은 자전거 타기
이해의 핸들로 균형을 잡고
사랑의 두 바퀴를
열심히 돌려야 하는 것

두 바퀴를 같이 돌리지 않으면
앞으로 나아가지 못하고
오래 서 있지도 못하는 것

사랑은 자전거 타기
말로는 설명하기 어렵고
그저 마음으로 익히며
몸으로 타는 것

두 바퀴를 굴리며
넘어지지 않고
앞으로 앞으로만 가는 것

사랑수첩 – 열다섯

가까이 다가가면
보이지 않고
조금 멀어지면
미소 짓는 그 얼굴이 보인다

지워지지도
생생해지지도 않는
늘 모습보다
더 크게 보이는 사람

너는 강물이 되어
마음 한복판을 흐르다가
때로는 파도가 되어
눈시울 둑을 넘치는 그날이면
성큼 더 다가오는 사람

가까이에서 보면 물방울이지만
멀리서 보면
영롱한 외줄기 무지개 같은 그대

내게 더 멀리 떨어져 있어
밤마다 별빛처럼 그리운 얼굴이여

오늘도 강가에 나가
홀로 물거울 앞에 서면
아직 가슴에는 강물이 흘러가고
아직 귀에는 파도소리 들려오고
아직 눈에는 푸른 별빛이 반짝인다

사랑수첩 – 열여섯

사랑하는 건 자유
짝사랑하는 건 더 자유
사랑이란 힘으로 막을 수 없지만
짝사랑이란 힘으로 더 막을 수 없는 것

사랑은 둘이서 하지만
짝사랑은 혼자서 하는 것
혼자 하면서
더 낮아지고 더 조용해지는 것

사랑은 상처가 남지만
짝사랑은 상처가 없는 것
혼자 손금 만들어 내일을 점치며
더 깊어지고 더 높아지는 것

마음은 무시로 아프지만
늘 심장이 콩콩 뛰고
아득한 그리움의 봉우리에서
때때로 선명한 눈썹달이 떠오르는 것

사랑은 몸이 시키는 대로 하여
이별로 가는 슬픔에 이르지만
짝사랑은 마음이 시키는 대로 하여
가슴 저린 이별이 없는 것

사랑이 있어 짝사랑이 있고
짝사랑이 있어 더 좋은 세상에
사랑이란 두 사람의 한길이요
짝사랑은 오직 한 사람의 아름다운 외길인 것

사랑수첩 – 열일곱

나는 눈을 감을 때만
너를 볼 수 있다
눈을 감으면 막이 오르고
눈을 뜨면 막이 내린다
너를 보는 그 눈은
언제나 어둠과 함께 작동하고
빛과 함께 정지한다
아아 나는 뜬 눈으로 너를 볼 수 없는
나는 눈 뜬 장님이다

사랑수첩 − 열여덟

내 몸의 칠할이 물이다
물 중에 칠할이 피다
피 중에 칠할이 사랑이다
사랑 중에 칠할이 상상이다
상상 중에 칠할이 삶이다

삶의 칠할의 능선을 넘으며
만남의 칠할이 넘는 바다를 본다

바다의 칠할이 파도다
파도 중에 칠할이 힘이다
힘 중에 칠할이 바람이다
바람 중에 칠할이 허무이다
허무 중에 칠할이 눈물이다

눈물의 칠할을 속으로 참으며
가슴의 칠할이 넘는 그대를 그린다

사랑수첩 ― 열아홉

한 달에 한 번
피를 흘리지 않는 자는
여자가 아니다

그렇게 한 번
몸불을 지피고 피를 흘려야
그 몸이 꽃이 되는 것이다

꽃이 된 몸도 모르면서
그저 사랑만 꿈꾸는 남자들은
참으로 어리석은 것이다

피의 값을 모르는 자는
혈서를 쓸 자격은 있으나
아직 사랑할 자격은 없는 것이다

한 달에 한 번
피를 흘리지 않는 사랑은

열매도 열지 못하는
울혈 같은 사랑인 것이다

사랑수첩 - 스물

햇빛 사세요
천지 사방 지천으로 널려 있는
햇빛을 사세요
명사십리표 햇빛과
남대문 골목표 햇빛은 공짜지만
네 눈에 들어 있는 햇빛은 몇 백원
네 가슴에 들어 있는 햇빛은 몇 천원
아니 그보다
내 마음 속에 간직한 네게 줄 햇빛은
억억억 숨막히도록 비싸지만

햇빛 팝니다
따뜻한 체온을 무한정으로 담아
햇빛을 세일합니다
햇빛 사세요
어렵고 힘든 세상
햇빛을 사서 적선을 하면
희망의 해가 서쪽에서도 떠오를 겁니다

햇빛을 사서
영영 해가 지지 않는 밝은 나라에서
그림자 없는 사랑 한 번 하세요
행복의 양산이 있는 길 한 번 걸어보세요

사랑수첩 – 스물하나

두 마음의 중심에
작은 돌탑 하나 세우고
그 탑 그림자만큼 비껴
푸른 나무 몇 그루 심다

그 나무 그늘 아래
2인용 나무의자 하나 두고
푸른 숲 등 뒤로는
가슴 넓은 호수 하나 열다

아이 눈빛처럼 반짝이는
호수 물거울 속에
오전 반나절 길을 열심히 걸어온
붉은 해의 웃는 얼굴을 보다

해의 가슴만큼 체온은 뜨겁고
열구름처럼 날들은 빨리 지나가는데
여울지는 물자리에
낮바람이 앉아 외롭게 졸다

산은 자꾸 일어서 가려 하고
물은 좀더 안고 있으려 하는데
빨간 고추잠자리 한 마리가
저공 비행하며 우리를 감시하고 있다

지금도 탑은 점점 높아만 가고
호수는 캄캄 깊어만 가는데
내 살고 살아도 갇힌 물이거든
내 죽고 죽어서 그대 푸른 바다가 되리

사랑수첩 – 스물둘

사랑은 연꽃 피우기
진흙 속에서 맑은 영혼의 향기 피우기
그 향기로 연밥 만들기

사랑은 연밥 만들기
연실(蓮實) 방마다 씨앗의 순결한 자리보기
그 씨로 연뿌리 만들기

사랑은 연뿌리 만들기
어둔 마음 구멍마다 가득 빛으로 채우기
그 빛으로 연잎 만들기

사랑은 연잎 만들기
하늘로 합장한 사람 푸른 가슴으로 안아주기
그 가슴으로 연잎 이슬 만들기

사랑은 연잎 이슬 만들기
눈물 속에 부처 하나씩 두고 극락정토 바라보기
그 정토로 연화국 만들기

사랑은 연화국 만들기
연꽃 향기 속에 살다 그대로 앉아서 죽기
그 끝날에 사랑의 자취마저 깨끗이 지우기

사랑수첩 − 스물셋

우리 몸은
하나의 향수병
아무리 꼭 닫아도
새어나는 향기
그 향기가 끝날 때까지 피어 있는
한떨기 뜨거운 꽃

내 향기가
네 향기를 만나
서로 무취의 향기로 남을 때
사랑은 더 그윽하고
아름다운 꽃이 되는 것

향기로운 꽃의 옷을 입고
보일 듯 말 듯
마음을 열어 조금씩 보여주며
날 듯 말 듯
꽃잎처럼 은은한 향기로 피워가는
그것이 사랑인 것

그 사랑이 다할 때까지
가슴 속에 오월의 꽃으로 남아 있는
향기로운 사랑에
이슬도 가끔은 꽃이 되어
세상의 넓은 가슴에
무취의 향수를 뿌리는 것

사랑수첩 – 스물넷

우리는 마음이
가슴에 있는 줄 안다
그래서 마음이 아프면
가슴에 손을 대기도 하고
때로는 가슴을 치기도 한다

가슴에 손을 대면
살아 있음이 확인되고
가슴을 치면
가슴이 아픈 게 아니라 마음이 아픈
아, 가슴은 북
마음은 소리

둥둥둥
가슴에서 마음으로 닿는 사이
큰북을 치며
사람의 가슴과
사랑의 마음이 어우러져 내는
지상에서 가장 아름다운 소리

우리는 사랑이
서로의 가슴 북소리인 줄 안다

사랑수첩 – 스물다섯

이 겨울이 가기 전에
편지를 쓰고 싶네
나를 아는 내게서 가장 멀리 있는 사람에게
편지를 쓰고 싶네
하얀 편지지에는
꼭꼭 눌러쓴 연필의 발자국으로 채우고
내 눈물로 자란 속눈썹 하나
곱게 뽑아서 넣으리
겉봉에 내 이름은 쓰지 않고
받는 이의 이름만 크고 이쁘게 쓰리
우표는 토끼 그려진 우표
입김으로 호호 붙이고
그 곁에는 해 지난 씰 한 장
나란히 붙여주면 더욱 좋으리
펑펑 함박눈이 오는 날
흰 모자 잔뜩 눌러쓰고 서 있는
가슴이 붉은 우체통에 넣은 후
폭설로 한 며칠쯤 늦어도 괜찮으리
어쩌면 주소가 바뀌었을지도 모를

아니 다시 내게 되돌아올 수 없는 편지이기에
이 겨울이 가기 전에
추울수록 더 그리운 화롯불 같은
겨울 편지를 쓰고 싶네
답장이 없어도
내가 슬프지 않을
그 사람에게 편지를 쓰고 싶네

사랑수첩 – 스물여섯

짧은 계절이 아름답다네
봄이 짧으면 꽃들이 그립고
여름이 짧으면 바다가 그립다네
가을이 짧으면 낙엽이 그립고
겨울이 짧으면 눈이 그립다네
짧은 계절이여!
내가 그리울 때마다 찾아줄 수 있다면
난 사막의 길이라도 홀로 갈 수 있나니
짧은 사랑이여!
내가 생각할 때마다 기억될 수 있다면
난 호수의 물안개 길이라도 걸어갈 수 있나니
오늘도 바람에 감기우는 캄캄한 어둠 앞에서
외로운 등불 하나 켜들고
누구나 갈 수 없는 지평을 밟아가고 있나니
스치듯 지나는 사람이여!
이제 난 짧은 계절을 사랑하기로 했네
이제 난 짧은 사랑을 꿈꾸기로 했네
그동안 짧게 꾸었던 꿈을 안고
오래 오래도록 짧지 않은 행복을 살기로 했네

사랑수첩 ─ 스물일곱

시간은 직선을 그리고
사랑은 곡선을 그린다
시간은 지평선처럼
서로 외로운 경계를 긋지만
사랑은 따뜻한 곡선으로
모나지 않는 마음의 집을 그린다
직선이 사라진 이 세상에는
곡선과 곡선으로 이어지는 만남들이 있어
그대가 풍자시처럼 애매하게 서 있어도
난 자전적 소설처럼 마음의 곡선을 읽으며
즐거운 사랑마을을 만든다
마을에는 곡선이 시간보다 먼저
아름다운 사랑을 만들고
우리들은 그 곡선을 따라 춤추며 산다

사랑수첩 – 스물여덟

제목은 무제
이름도 지우고
이젤도 치우세요
도록도 버리고
그저 빈 그릇 하나만 두세요
그 그릇에 초롱하게 눈뜬
별 하나 다가서면
푸른 눈이 깜빡이는
그 무욕의 하늘을 보세요

제목은 순수
어둠도 지우고
불빛도 가리세요
기다림도 버리고
그저 빈 마음 하나만 두세요
그 마음에 사리처럼 남는
정신 하나 바라보면
아무것도 보이지 않는
그 불변의 사랑을 보세요

사랑수첩 — 스물아홉

그대여
나 이 봄에 바람이었다가
그대 속눈썹 흔드는 그리움이고 싶네
그대 두 눈에 이슬꽃 피어나면
바람의 날개로 곱게 닦아주는
나 오직 바람이었다가
그대 두 눈을 지키는 등불이고 싶네

그대여
나 이 가을에 낙엽이었다가
그대 가슴으로 떨어지는 노을이고 싶네
그대 밤 하늘 쇠기러기 날으면
나뭇잎 엽서에 별자리 그려보는
나 오직 낙엽이었다가
그대 밤을 떠가는 조각배이고 싶네

사랑수첩 – 서른

이렇게 비 오는 날이면
너의 코에
내 마음이 닿고 싶다

가까이서 냄새를 맡으며
풀잎 같은 네 숨소리를 듣고 싶다

무표정한 콧대가
조금씩 움직일 때까지
네게 시선을 오래 심어두고 싶다

너는 유독 코가 예쁜
향기 같은 여자
코에 코를 부비는 코끼리 사랑이 그리운 건
내리는 비 냄새 속에
너의 진주 같은 눈물이 보이기 때문이다

이렇게 비가 오는 날
너와 내가 가진

아름다운 두 개의 관악기로
빗방울 리듬을 따라 노래하며
나는 너를 공명하는
의미 있는 바람이 되고 싶다

사랑수첩 – 서른하나

사랑이란
지구학교에서 배우는 윤리과목
생이다
생존이다
생철학이다
생명문화이다

사랑이란
별나라에서 탐구하는 과학과목
빛이다
운석이다
무중력이다
불가시광선이다

사랑이란 마음방에서 읽는 경전과목이다
멸이다
적멸이다
적멸궁이다
고집멸도의 길이다

연모 – 하나

네 안에서 길을 잃었다

물음표를 닮은 새들의 군무 속에
너만 보였다

한 번의 몸짓과 백 번의 응시로
만다라가 보였다

네 안에서 길을 찾았다
병 속에 든 나를 보았다

연모 - 둘

그대는 나의 산
저 산 속에 산이 숨어 있다
산이 귀를 숨기고 입술을 숨기고
체온을 숨기고 이름을 숨기고
조용조용 산 속에 숨어 있다
이제 산 속에 가면 산은 보이지 않고
저만치 산의 옷을 입은 은유의 그림자들이
침묵의 수화를 더하고 있을 뿐
새들이 둥지에 울음을 틀고 숨어 앉아
산의 부드러운 속살을 부리로 찍어대고 있다

그대는 나의 강
저 강 속에 강이 숨어 있다
강이 손금을 숨기고 볼우물을 숨기고
웃음을 숨기고 눈물을 숨기고
차랑차랑 강 속에 숨어 있다
이제 강가에 가면 강은 보이지 않고
저만치 강의 노래를 모창하던 익명의 그리움들이
낯선 물결로 다가올 뿐

가끔은 물여울 혈관 속에 해의 온기가 돌아
강의 몸 속에 사랑인자가 잉태되고 있다

연모 - 셋

괴화나무 그늘 아래 우물이 하나 있었다
둥근 우물 속에 낮달이 혼자 살았다
낮달은 언제나 하늘을 품고 잠들어 있었다
그 달을 두레박으로 퍼올려
숨막히도록 벌컥벌컥 그리움을 식히고 있었다

몸 안에 보름달이 떠오르고 있었다
달빛 속에 여인의 기도소리가 들려오고 있었다
끝없이 이어지는 기도가 서러워
두 눈에 두 줄의 달무리가 돋고 있었다

아, 컴컴한 우물 속에 보이는 은발의 사나이
너는 왜 차가운 우물 감옥에서
어둠만 꿈꾸는 것이야
너는 왜 홀로
그림자 없는 야행길이냐

너는 가고 나만 우물가에 남아
어둠이 버린 창백한 눈을 지켜보며

천길 꿈 속보다 깊은 푸른 무덤까지
나는 왜 이리도 너를 따라가고 싶은 것이냐
깊은 우물에 빠져
더러는 웃고 더러는 우는 날에도
내 사랑 속의 낮달은 차갑기만 하다

연모 – 넷

파란 눈물이 도는
물시계 같은 시선 천천히 기울이면
하늘이 조금씩 쏟아진다
한 방울 두 방울 하늘이 비워지며
가슴 속에 작은 호수가 생긴다

잔잔한 그 호수에
바늘도 없는 낚시대 드리우고 앉아
점점 내게로 닿는
그리움의 태엽을 감으면
너는 시침으로
나는 초침으로 같은 원을 돌면서
서로 마음을 흔드는 시계추가 된다

너는 천천히 나를 돌고
나는 빠르게 너를 돌면서
그래도 우리 스치듯 만나는 시간들이 있어
매 시간마다 한 번씩
허공을 향해 이름 부르는 소리새가 된다

그리움 - 하나

함박눈이 내리는 날
백자 잔에
하얀 매화꽃 한 송이 띄우고
뜨겁게 우려낸 마음을 붓는다

명주실처럼
피어나는 김 속에
한 여인이 몸을 푼다

눈발이 더욱 굵어지고
여인의 몸은 천천히 가라앉고
그리움이 우려진 향기에 입술을 대면
문득 하늘이 보이지 않는다

서서히 눈이 걷히고
잔 속에 빠져 있는 꽃 눈썹 하나
따뜻하게 자꾸 눈을 찔러
나는 소리없이 눈물 젖는다

그리움 – 둘

내 몸 안에 숨어사는
흰 뱀 한 마리
달빛 좋은 밤이 오면
또아리 풀고 슬며시 나와
혀를 날름인다

두 개인 혀로도
제 사랑 하나 말하지 못하며
차가운 비늘 세우고
높은 어둠 기둥만 감아 오른다

홀로 아픈 사랑독 품은 죄로
밤새 이슬 마시고 하늘 우러르다
눈부신 아침 다시 또아리 틀고 숨는
무독(無毒)의 뱀 한 마리

오늘도 내 몸 속에서
천천히 허물벗는

부드러운 곡선 하나
그리움의 그 꼬리가 아름답다

봄 사랑

봄은 무언의 계절
우리 말하지 말자
말 대신 수화로 뜻을 전하며
쉬쉬 풀꽃의 숨소리를 듣자
구름이 길을 낸 벌에는
봄비 뿌려 초록 눈을 뜨게 하자
풀잎 위에 이슬 창을 달고
집집마다 나비 꿈꾸며 꽃잠에 드는
꿈의 계절
그 봄에 잠들어도
님의 꽃잔에 넘치는 향기에 젖어
홀로 짝사랑 앓는 벙어리이고 싶다

여름 사랑

여름은 발병의 계절
우리 병이 나자
병이 나더라도 약 먹지 말고
그저 아프게 몸져 눕자
이마엔 물수건만 얹고
사랑하는 님 아니면 눈을 뜨지 말자
사랑 바이러스에 감염되어
삼복 무더위에도 솜이불 같은 체온을 그리는
상사의 계절
그 여름에 약으로 고칠 수 없어도
뜨거운 해가슴으로 사는
푸른 맥박의 환자이고 싶다

가을 사랑

가을은 실명의 계절
우리 눈이 멀자
눈 멀어도 더듬지 말고
깜깜 실명을 하자
가끔 먼산 바라기 하며
푸른 하늘 바라보고 눈이 멀자
헛발 디뎌 풍덩 소리날
한몸 통째로 네게 바치는
익사의 계절
그 가을에 다른 그리움 만들지 않는
영영 사랑에만 눈 뜬
하얀 눈의 장님이고 싶다

겨울 사랑

겨울은 바람의 계절
우리 바람이 나자
바람나더라도 잠든 숲일랑 깨우지 말고
우우 풍차의 팔을 돌리자
바람의 옷을 입고 살며
하얗게 바람꽃 피우는 동동 십이월에
알몸 꽁꽁 얼어 안고
바람의 집 속에 앓아누운
신음의 계절
이 겨울에 누구 사랑 훔쳐도
아무 죄가 되지 않는
오래도록 그런 바람둥이이고 싶다

계란 하나

손으로 아무리 꼭 쥐어도
깨지지 않는 여자
그러나 가슴을 부딪치면
쉽게 깨지고 마는 여자

코를 대고 다가가도
아무 냄새가 나지 않는 여자
그러나 겉옷을 벗으면
살 비린내가 나는 여자

혼자 두면 꼼짝 않지만
그러나 품어주면 울음이 부화되는 여자
울음에서 혼자 깨어나지는 못하지만
그러나 둥글게 우주로 사는 여자

자전하지 못하는 우주로 살지만
그러나 타원으로 사는 여자
약간은 기울어져 하늘로 비껴서지만
그러나 중심 가운데 보름달 하나 안고 사는 여자

보름달에 계수나무는 보이지 않지만
그러나 달빛 호수를 가진 정화능력이 있는 여자
호수에 투명한 물고기들은 보이지 않지만
아아, 그러나 산소 같은 신비한 힘을 가진 그런 여자

계란 두 개

온고을 버스터미널에서 산
아직 체온이 느껴지는
삶은 계란 두 개
차가 출발하면서 껍질을 벗긴다

조각조각 모자이크 된 시간 속에
알몸 되어지는 계란 같은 여자
수탉의 꼬리처럼 화려한 세상 속에
순수만 고집하는 무정란 같은 여자
아직껏 깨지지 않고
소금기가 전혀 묻어나지 않은 여자
누구 앞에서 우뚝 일어서지 않고
둥글게 구르는 법으로만 살아오던 여자가
내 혀끝에서 무너지고 만다

달리는 차 안에서 계란을 먹으며
자꾸 목이 말라 물을 마시지만
왠지 목이 더 매어오는 건

그녀의 노른자 같은 팍팍한 마음이
내 목젖에 자꾸 걸리기 때문이다

오동도에서

잔잔한 바다 향해
푸른 바람 한 줌으로
힘껏 물수제비를 뜬다
타타타
수제비가 지나간 그 자리에
섬섬섬
바라보면 가고 싶고
가보면 떠나고픈
작은 섬같이 부서지는 여자
동동동
저 바다 한가운데 혼자 울고 서 있어
나도 자꾸 눈물이 난다

열애

아, 소리나는 비명 뒤에 피어나는
붉은 꽃 한 송이

그 꽃잎에 맺힌 이슬 창에
서로 마음을 마주하면
별 하나 보이는 것

그 별을 함께 바라보며
서로에게 밝은 빛이 되어
어두운 밤을 지키는 것

새아침이 오면
다시 소리내어 비명을 지르는 것

그리고 비명 뒤에
붉은 꽃 한 송이 또 피우는 것

널뛰기

나로 하여 네가 높아지고
너로 하여 내가 높아지는
서로 힘 돋우기

나로 하여 네가 사랑하고
너로 하여 내가 사랑하는
서로 사랑 나누기

마주보고 삶을 구르며
아름다운 몸의 지렛대로
서로 높혀주고
서로 낮아지며
저 높은 하늘로 행복한 머리 닿기

너는 나의

너는 나의 문
내 손이 다가가면 그 지문을 인식하고
소리 없이 마음을 여는 문

너는 나의 거울
내 눈과 마주하면 그 눈동자를 인식하고
숨김없이 진실을 보여주는 거울

너는 나의 메아리
내 목소리가 들리면 그 음성을 인식하고
어김없이 노래로 화답하는 메아리

너는 나의 새
내 욕심이 일어나면 그 맥박을 인식하고
끝없이 하늘을 날게 하는 새

너는 나의 집
내 숨소리가 들리면 그 호흡을 인식하고
한없이 평화로이 안식하게 하는 집

그대에게로 가는 배

그대 가고 없는
푸른 바다에 나가 배를 띄운다
배는 바람에 흔들리지만
마음은 늘 넓은 바다 가슴에 안겨
푸른 눈과 귀가 뺨에 닿는다

그대 가고 없는 바다에
파도가 달려오면
배는 푸른 생각의 지뢰를 터뜨리고
마음은 지워지지 않는
투명한 기억의 뇌관을 파도로 덮는다

그대 가고 없어 배가 혼자 운다
우는 바다의 배에서 나는
고독한 여인의 몸 냄새에 갈매기가 더 높이 날고
하얗게 젖을 빨던 바람은
파도 부채로 나를 잠재우는데
나는 말없이 숨죽이며 바다 품에서
자궁 속에 살아 있는 네 박동소릴 듣는다

그대 가슴 안에 바다가 있고
그대 바다 안에 내가 있어
오늘도 푸른 바다에 나가
그대에게로 가는 푸른 배를 띄운다

가슴장

내가 가진 작은 권리는
마지막 날
말 한 마디 남기는
주검에 관한 것

매장을 하면 흙이 되고
화장을 하면 불이 되고
수장을 하면 물이 되지만

풍장을 하면 바람이 되고
조장을 하면 새가 되고
수목장을 하면 나무가 되지만

아아, 나는 흙이나 불이나 물
또는 바람과 새와 나무들처럼
그렇게 겉으로 죽느니 보다
보이지 않는 그대 마음 속 깊은 곳에 묻히는
가슴장을 치르는 것

내가 가진 작은 권리는
이런 유언으로
그대 죽는 그날까지 함께 가슴 뛰며
영영 사랑으로 남는 것

그대가 그리우면

그대가 그리우면
허공을 향해 박수를 친다
그대가 곁에 있어도
포옹할 수 없으면 박수를 친다
그대 가슴 높이쯤에
두 손을 벌려 몸의 소리를 보낸다
뼈와 뼈가 부딪치고
살과 살이 마주치는 소리
내가 나를 때리고
내가 나를 쓰다듬는 몸짓으로도
박수는 참 아름답다
박수소리 속에 몸이 되어 서 있는
그대가 있어
소리로 소리로만 다가가도
내 언 몸이 풀린다
몸도 맘도 한없이 그리운 날
박수는 포옹의 절반
두 손을 두드려 박수치며
옥 같은 그대 목소리를 듣는다

물 사랑

물은 물끼리 싸우지 않는다
물은 주먹이 없고
물은 부드러운 긴 팔이 있다
물은 긴 팔로 안을 줄 알며
물은 하나가 되는 사랑법을 안다
물은 부리가 둥글고
물은 바다의 소리를 낼 줄 안다
물은 맨발로 하늘도 걸으며
물은 무지개 가슴을 지녔다
물은 가슴에 해를 담으며
물은 하늘 같은 구애를 한다
물은 맑은 눈동자가 있으며
물은 영원히 빛나는 사랑을 한다

쉼표 사랑

봄의 문장은 짧고
쉼표가 많다
쉼표가 많아 천천히 읽으면
더 빨리 숨이 차온다

숨소리만 들어도
꽃이 눈 뜨는 것을 알 수 있고
짧은 침묵으로도
많은 바람 이야기를 듣는다

조그맣게 소리내어
봄의 문장을 읽으면
금세 얼굴에 붉은 피가 돌고
사랑하는 법을 배우려는 풀밭에는
작은 쉼표 무리들이 일제히 일어나는데

봄은 쉼표가 많아
짧은 사랑이 많이 맺어지고
봄은 마침표가 잘 보이지 않아

사랑으로 더욱 숨이 찬 계절
그래서 봄을 천천히 읽으면
쉼표 그 사랑이 내게로 온다

사랑을 위하여

상처 받읍시다
너도 상처 나도 상처
피투성이로 피고지는
한떨기 동백꽃

피었구나
마침내 내 심장 한가운데
숨쉬는 네 꽃
아문 상처 위에 흉터가 아닌
볼우물 주름꽃

상처 받읍시다
우리 사랑을 위하여

상처 받을수록
붉게붉게 피는 가슴꽃
상처 깊을수록
오래오래 찌르는 칼꽃
상처 아물수록

내내 아파 우는 눈물꽃

사랑은
아름다운 상처를 위에
두고두고 피는 꽃

결혼반지

그녀는 수갑을 차고 있다
한 사내와 사랑을 약속한 죄로
열쇠가 없는 작은 수갑을 차고 있다

수갑을 찬 사랑은
보석처럼 단단하고 빛이 난다
수갑을 차기는 쉬워도
한 번 채워진 수갑은 열기 어렵다
절대 하나의 절대 구속을 위해
수갑은 언제나 차갑고 소중하다

이렇게 수갑이 채워지면서
우리 사랑의 몸짓은 시작되어
주먹이 되기도 하고
부채손이 되기도 하고
그리고 때로는 거칠게 온화하게

늦가을의 바람 한 점이
이십 년 사랑의 감옥을 나오는 출소길에

키 큰 그림자 하나 따돌리며
두 사람의 등을 밀어대고 있다

기다림은

기다림은 한지 같은 것
밖이 보일 듯 말 듯
바람이 통할 듯 말 듯
말소리가 들릴 듯 말 듯
그러면서 질긴 심줄로 마음을 이어
그렇게 하늘 높이 함께 나는 연이 되는 것

기다림은 그림자 같은 것
겨울 뒤에 봄이 오듯
밤 뒤에 아침이 오듯
외로움 뒤에 만남이 오듯
그러면서 웃는 얼굴로 눈빛을 마주하며
그렇게 가슴 깊이 비추는 보름달이 되는 것

기다림은 물 같은 것
실개울이 강물이 되듯
탁한 물이 맑은 물이 되듯
높은 물이 낮은 물이 되듯

그러면서 낯선 길로 희망을 걸음하며
그렇게 마음 속에 물길 내는 사랑이 되는 것

밤 기차

밤 기차를 타고 가면서
창 밖을 보면
몇 줄기 반딧불 같은 빛들이 달리지만
함께 가야 할 사람은 보이지 않는다

밤 기차를 타고 가면서
창 밖의 어둠은 저만치 버려두고
옆자리에 앉은
바로 그 사람의 얼굴을 보아야 한다

그 사람이 눈감고 있거든
같이 눈감고 앉아
멀리서 우는 기적소리를 들으며
어디론가 달려가고 있는 나를 잊어야 한다

고뇌의 긴 터널과
회한의 건널목을 지나
행복의 간이역에 정차하는 그때까지
나는 다시 돌아올 수 없는 작은 기차가 되어

또 누군가를 가슴 속에 태우고
이 밤의 검은 궤도 위를 달려야 한다

밤 기차를 타고 가는 일이란
창 밖을 보아야 하는 것이 아니라
바로 옆자리에 앉은 사람의 체온을 느끼며
잠들지 못한 고른 숨소리를 들으며
자신의 모습을 오래도록 바라보는 일이다

너

같은 하늘을 바라보고 있어도
같은 별을 바라보고 있어도
서로 다른 높이와
서로 다른 거리임을

하늘은 저리 끝이 없고
별빛은 너무 먼 데서 오고 있어도
결국 같은 곳으로 가고
결국 하나가 되어가고 있음을

햇빛 한 줌 챙겨줄 잎이 없어도
달빛 한 줄기 잡아줄 가지가 없어도
겨울 가슴을 키워 봄을 열고
어둔 마음을 비워 아침을 열고 있음을

눈으로 다 볼 수 없는 꽃이 있어도
귀로 다 들을 수 없는 소리가 있어도
기실 향기로 알아볼 수 있고
기실 느낌으로 다가갈 수 있음을

나 떨어져 있어도 혼자가 아닌
너와 함께 있어도 둘이 아닌
끝내 만남도 되고
끝내 이별이 되고 있음을

사랑옷

밤이면 옷이 일어서 있다
일어선 옷은 혼자 눕지 못한다
혼자 눕지 못하는
남루한 저 육신의 옷

외로운 날이면 난 그 옷을 혼자 벗는다
벗겨진 옷은 조용히 눕는다
누워서 따뜻한 체온을 안고
구겨진 겹겹의 시간을 나란히 편다

얼굴도 없는 상체와
널브러진 하체가 포개지는 시간
그건 애무가 아닌 밀착일 뿐
사랑은 결코 두꺼운 옷을 입지 않는다

이제 얼마를 더 벗어야
홀로 알몸으로 설 수 있는가?
벗고 또 벗어도 주름진 살옷은 남아
내 부끄러운 사랑은 아직 끝나지 않고 있다

사랑작법

사랑이란 낯설게 하기
거울 앞에서 다른 얼굴을 만드는 것
다른 얼굴로 좋은 사람과 만나는 것
매일 만나도 낯설도록 새롭게 표정을 바꾸는 것
표정을 바꾸어도 언제나 꿈꾸는 눈동자일 것
꿈꾸는 눈동자에는 서로의 눈에만 보이는 별을 가질 것
그래서 꼭꼭 비밀로 아프게 숨은 별 하나 가지는 것

사랑이란 애매하게 하기
둘이 만나서 안개 속을 걷는 것
안개 속에서 희미하게 한쪽 눈만 뜨는 것
언제 보아도 꿈이 깨지지 않도록 조금씩 흔들리며 걷는 것
흔들리며 걸어도 언제나 고르게 뛰는 맥박일 것
뛰는 맥박은 같은 희망의 체온을 가질 것
그래서 끝날 뜨거운 가슴꽃 한 송이 피우는 것

사랑사전

사랑사전에는
반의어가 없습니다
그 사전에는
사랑이란 단어도 없습니다
미소짓기 순수하기 이해하기 기뻐하기
이런 단어 뒤에
겸손하기 진실하기 용서하기 감사하기

사랑이란
반의어를 찾는 게 아닌
동의어나 유의어 찾기
그리고 그 중에서
형용사와 동사만 골라 찾기
하여 유사하게 생각하고
유사하게 행동하며
말없이 통하는 쉬운 말 사전이 되기

사랑사전에는
반의어가 없습니다

그 사전에는
이별이란 단어도 없습니다
기다리기 여유롭기 따뜻하기 자유롭기
이런 단어 뒤에
지혜롭기 친절하기 조화롭기 아름답기

사랑 계산법

그대를 만나
그대만 바라보며
먼저 백점 만점을 주었네
그리고 만날 때마다 하나씩 실망이 늘어
감점을 해가다 보니
어느새 40점도 안 되는
낙제생이 되었네

그래서 다시 그대를 만나
영점에서 시작을 했네
대할 때마다 하나씩 기쁨이 늘어
가점을 해가다 보니
어느새 60점이 훌쩍 넘은
모범생이 되었네

감점의 사랑보다
가점의 사랑법이 더 아름다워
우리는 뺄셈보다 덧셈에 강하고

사랑의 가계부에는
늘 흑자 행복이 넘치고 있네

사랑이 되는 감

벌의 따뜻한 침을 맞고
꽃이 피는 감
번개날에 파랗게 질려
열매가 되는 감

거꾸로 오래 매달려야
붉어지는 감
바람에 많이 흔들려야
단물이 드는 감

알몸에 된서리 문신을 새겨야
향기가 나는 감
끝내 아프게 두 팔이 꺾여야
상처가 없는 감

조용히 눈을 감으면
입술이 되는 감
끝까지 붉은 영혼을 지켜야
까치밥이 되는 감

첫눈이 내리는 날
가슴에 고드름 등불로 걸리는 감
차갑도록 부드러운 뺨에 닿으면
첫사랑의 임이 되는 감

물 편지

그대 물머리에서
돌멩이 하나로 편지를 쓴다
던지면 둥글게 그려지는 얼굴
투명한 주름 한겹 두겹 그리움으로 만났다가
다시 부드러운 물빛으로 사라지는
그런 편지를 쓴다

물머리에서 보낸 물여울 마음이
물미에 있는 그대에게 소리없이 닿으면
물은 하늘을 닮아
무지개 눈빛으로 바라보고 있고
그대는 물을 닮아
말없이 하나의 강으로 흐르고 있다

오늘도 물머리에서 돌멩이 하나 들고 서서
그대를 물처럼 보내고
그대를 물처럼 바라보고
그대를 물처럼 다시 만나게 되는 물편지에는

항상 지워지지 않는 사연이
바다 가슴을 향해 푸르게 흐르고 있다

부분집합

미움도 사랑의 부분입니다
눈물도 기쁨의 부분입니다
어둠도 빛의 부분입니다
이별도 만남의 부분입니다
부분과 부분이 겹쳐진 자리에
행복이 있습니다
하여 삶이란 참 살맛나는 것입니다

나도 당신의 부분입니다
무소유도 소유의 부분입니다
형벌도 축복의 부분입니다
죽음도 삶의 부분입니다
부분과 부분이 겹쳐진 자리에
당신이 계십니다
하여 사랑이란 참 하고 싶은 것입니다

별 헤는 사이

우리는 별 헤는 사이
어둠 우산 아래 나란히 앉아
별 헤는 사이
헤아릴수록 총총 더 많아지는
나의 별과
캄캄할수록 점점 더 빛나는
너의 별이 만나는 별천지에
그리움에 젖은 눈물은 사라지고
한밤내 하늘에 뜬 별만 헤아리다
가슴 가득 별꽃 안고 돌아오는
우리는 별 헤는 사이

사랑 중독증

잡으면 터질 것 같고
놓으면 달아날 것 같은 집착으로
갑자기 중단하여 금단현상이 생긴다면
그것은 사랑 중독증

이 병은
사랑을 계속할 수 없는 중대 사유가 되므로
사랑 취소 사유가 되는 것이다
사랑을 통해 불만을 해소하려고
강박적으로 매달리는 그것은
결코 아름다운 사랑이 아니라
혼자 마약 중독 같이 환각에 빠지는 것이다

사람 그림자만 보아도
욕망의 끝없는 고리가 이어지는 이 병은
사랑으로 풀어야 하는 것
사랑으로 풀면 매듭이 없고
사랑으로 다가가면 말끔히 치유되는 병이기에
몸으로 하는 사랑이 아니라

마음으로 하는 방법을 배워야 하는 것이다
마음으로 몸을 애무하며
나풀나풀한 누드의 밑그림을 그리며
망각처럼 숨어버린 괴성을
부끄러움 없이 막 질러대야 하는 것이다

풋사랑

대낮에 구름 속에서 용이 출현하였습니다
갑자기 한 줄기 빛과 함께 비가 내립니다
개굴개굴 물이 소리내어 울고 있습니다
개울개울 물이 불어나고 있습니다
선녀가 날아오르기 연습을 하고 있습니다
날개가 없는 나뭇꾼은 하늘만 바라봅니다
하늘이 물레방아처럼 둥글게 돕니다
하늘에서 수직으로 떨어지는 물소리가 들립니다
그러다 일시에 딱 물이 멎는 순간
용의 눈같이 활활 타오르는 태양이 보이고
일시에 구름도 물소리도 다 사라지고
백주 대낮에 푸른 하늘로 용이 사라지고 없습니다
또 남몰래 용꿈 꾼 죄 하나 더 짓습니다

아주까리 사랑

부드러운 가시에
얼굴을 찔리고 싶은 여름
찔려도 피가 나지 않는
그대 긴 속눈썹 침이 그리운 날
홀로 아주까리 그늘 아래 앉아
곱게 봉숭아 물들이듯
내 새끼손가락을 꽁꽁 동여매는
그대 생각

손톱에 봉숭아 물이 다 빠지기 전에
소리없이 여름은 지나가고
피뢰침같이 곧게 일어서는 가을 햇빛에
아주까리 그 푸른 잎이 시들고 나면
내 손톱 끝에 남은 흰 초승달이
찔러도 아프지 않는 네 사랑의 가시를
둥글게 다듬고 있다

나무 사랑

나무는 눈이 없어
제자리에서 사랑하고
제자리에서 죽는다

제자리에서 사랑하며
비와 바람의 손에 몸을 맡길 줄 알고
제자리에서 죽으며
그늘을 버리고 빛을 만들 줄 안다

나무는 무릎이 없어
서서 사랑하고
서서 죽는다

서서 사랑하며
기대고 흔들리는 법을 배우고
서서 죽으며
잎을 떨구고 뿌리까지 버리는 법을 안다

나무는 체온이 없어
혼자 사랑하고
혼자 죽는다

혼자 사랑하며
가슴 속에 늘어가는 나이테를 헬 줄 알고
혼자 죽으며
나무 한 그루가 아닌 숲으로 남을 줄 안다

어린 사랑

새는
날개가 있어
자살하지 않는다
자살을 생각하기도 하지만
새는
자살하는 방법을 모른다
자살을 몸으로 하려하지 않고
날개로 하려는 새
추락보다 먼저
날개가 반응하는 새는
자살이 아닌
이미 비상의 푸른 하늘을 가진다
그 새는
머리가 작아
깊은 우울을 기억하지 못하고
빛나는 부리로
숲을 노래하는데
아직도 그대는 날개를 가지지 못한
가슴 팔딱이는 어린 새 한 마리

내게 수직으로 추락하는
뜨거운 체온이다

편지 사랑

가끔씩 그늘진 마음일 때
받는 이가 없는 편지를 쓴다
검은 눈동자에 가득 채워
하늘로 보내는 편지
아름답게 물들어 탈색되지 않는
낙엽 같은 편지
띄우고 나면 어디론가 사라지는
구름 같은 편지를 쓴다

때때로 그대가 생각날 때
마음을 꼭꼭 눌러 편지를 쓴다
꽃잎처럼 하늘하늘 소리없이 떨어지는
눈물 같은 편지
숲속 한가운데 혼자 잠들지 못하는
바람 같은 편지
불타는 꿈으로 서산에 묻히는
노을 같은 편지를 쓴다

주소도 없고

우편번호도 없어
다시 반송되지 않는
그저 혼자 썼다가 혼자 지우는
비밀스런 그런 편지를 쓴다

우리 사랑

내 안에 있는 나와
네 안에 있는 너
그런 속사람끼리 만나면
내 안에도 수많은 네가 보이고
네 안에도 수많은 내가 보이는 것

내 안에 있는 가장 너다운 너와
네 안에 있는 가장 나다운 내가 만나
서로 하나 되면
그게 우리 사랑인 것

우리 사랑은
갑자기 풍덩 빠지지 않고
서서히 물들어 동색이 되는 것
우리 사랑은
서로의 추억이 되지 않고
영원한 현재가 되는 것

내 안에 나로만 설 수 없고

네 안에 너로만 살 수 없어
내가 네 안의 내가 되고
네가 내 안의 네가 되는
그게 우리 사랑인 것

감기

일 년에 한 번쯤 만나는 친구
그 친구를 만나면
코끝이 찡하고 목도 메이고
가끔은 눈물이 난다

사랑은 이렇게 오는 걸까?
외로움 타는 이 겨울에
첫눈 같은 모습으로 내 가슴에 쌓이고
첫사랑 같은 느낌으로
체온을 높여주는 친구

지친 몸 샅샅을 따뜻하게 만져주며
한 치레쯤 몸껏 사랑하다
소리없이 바람처럼 사라지는 그를
나는 사랑한다

쌓인 미움이야
콧물과 재채기로 비우고
그래도 남는 아픔들은

밭은기침으로 깨끗이 씻어주는 사랑 앞에
아, 세상 독이 든 알약과 주사로
내 생이별할 수 없는
이 낯익은 겨울

아낌없는 그 사랑 지키기 위해
온몸이 고열로 달아올라
난 몇 밤을 안고
그렇게 뜨거운 하나여야 한다

목련

사월에 그대를 만나
시월에 그대를 보낸다
사월에는 꽃잎에 눈을 뜨고
시월에는 나뭇잎에 눈물 젖으며
사월에는 연시를 읽고
시월에는 잠언시를 읽는데
사월에는 제자리 지키는 자들에게
향기가 되고
시월에는 떠나가는 자들에게
손수건이 된다

사월에 사랑하기 좋다면
시월에 이별하기가 좋다
사월에는 첫날을 기다리고
시월에는 마지막 밤을 기다리며
사월에는 몸 시를 쓴다면
시월에는 마음 시를 쓰는데
사월에는 둘이 선 자들에게
하얀 편지가 되고

시월에는 홀로 남은 자에게
차가운 바람이 된다

별 사랑

밤 하늘의 별자리를 찾는다는 것은
누군가를 그리워한다는 것이요
밤 하늘의 별을 헨다는 것은
누군가를 사랑한다는 것이다

밤 하늘의 별을 다 헤지 못하는 것은
사랑이 끝없다는 것이요
밤 하늘의 별이 헤아려진다는 것은
자기 사랑을 찾았다는 것이다

누군가를 사랑하기 위하여
하늘 우러러 별 헤는 밤
내가 누구에게 별자리가 된다는 것은
내 삶이 아름답게 빛나고 있다는 것이다

지금도 누군가 나를 헤아리고
또 나도 누군가를 헤아리는 별이 되어
이 하늘에 아름다운 별자리로 반짝이는
우리는 영원한 별천지 우주에 살고 있다

무답

가까이서 보면
모두가 하나로 보입니다
팔도 몸이요 다리도 몸입니다
몸 하나로 사는 나는
어느 것이 밉고
어느 것이 더 귀한 것이냐 하면
그것은 답이 없고
그것은 모두 나의 사랑입니다

멀리서 보면
모두가 하나로 보입니다
나무도 산이고 바위도 산입니다
산 하나로 보이는 세상은
어느 것이 낮고
어느 것이 더 높은 것이냐 하면
그것은 답이 없고
그것은 모두 나의 세상입니다

사람과 사랑

사람에게 눈이 있고
사랑에도 눈이 있다
사람의 눈으로는 하늘이 보이고
사랑의 눈으로는 별이 보인다

사람에게 길이 있고
사랑에도 길이 있다
사람의 길로는 푸른 들이 보이고
사랑의 길로는 어린 양이 보인다

사람에게 영혼이 있고
사랑에도 영혼이 있다
사람의 영혼에는 해가 보이고
사랑의 영혼에는 무지개가 보인다

사람에게 끝이 있고
사랑에도 끝이 있다
사람의 끝에는 얼굴이 보이고
사랑의 끝에는 부처가 보인다